글·그림 미리암 보나스트레

스페인 바르셀로나 근처의 작은 마을에서 태어나, 걷기 전부터 어디든 낙서를 하는
아이였습니다. 바르셀로나에 있는 Escola Joso Center for Comics and Visual Arts에서
만화를 공부했습니다. 다양한 종류의 만화 작업을 했고, 애니메이션 분야에서 캐릭터
디자이너로 일하고 있습니다. 현재 뉴욕타임스 베스트셀러 작가로, 스페인에 살면서
웹툰 <Marionetta>를 연재하고 있습니다.

번역 홍연미

서울대학교에서 영어영문학을 공부하고 오랫동안 출판사에서 책을 기획하고
만들었습니다. 지금은 어린이에게 큰 웃음과 깊은 감동을 주는 책을 찾아 우리말로 옮기는
일에 푹 빠져 있습니다. 옮긴 책으로는 《성적표》, 《기분을 말해 봐!》, 《작은 집 이야기》,
《동생이 태어날 거야》, 《도서관에 간 사자》, 《온 세상 생쥐에게 축복을!》 등이 있습니다.

HOOKY(후키)는 '학교를 꾀부려 빠지다.'라는 의미를 가진 단어로,
이 책에는 쌍둥이 마법사가 학교로 가는 스쿨버스를 놓치며 펼쳐지는 모험이 담겨 있습니다.

HOOKY

2 왕관을 쓴 마법사

G 기탄출판

마법사 와이트 가문

★★★

다니엘라 와이트

쌍둥이 남매 중 첫째.
실수가 잦아 마법을 쓰지
않기 위해 노력한다.

★★★

도리안 와이트

쌍둥이 남매 중 둘째.
마법 탐구를 즐긴다.
사람들과 어울리고 싶어 한다.

★★★

데미안 와이트

쌍둥이 남매의 손위 형제.
가족들과 사이가 좋지 않다.

★★★

한스 와이트

쌍둥이 남매의
아빠

★★★

안젤라 와이트

쌍둥이 남매의
엄마

★★★

힐데 와이트

쌍둥이 남매의
고모

그밖의 인물들

★★★
니코

쌍둥이 남매의 첫 친구.
다니엘라의 마법 실수로
몸이 아주 작아졌다.

★★★
모니카 공주

왕국의 공주.
사랑과 우정을 중시한다.

★★★
마스터 펜드래건

예언자이자 마법사.
마법사에 대한 인식을
좋게 바꾸려 노력한다.

★★★
마크 에번스

에번스 카페 사장의 아들.
과묵하고 어른스럽다.

★★★
윌리엄 왕자

모니카 공주의 약혼자.
감옥에서 탈출하지만
행방불명되었다.

거짓말 마세요!

도리안도 다니도 절대 다른 사람을 해치지 않아요!

난 분명 얼굴을 보았어. 둘 중 하나가 분명해.

와이트 가문은 막강한 힘을 갖고 있다.

마법사들이 새로운 지도자로 둘 중 하나를 선택한다고 해도 놀랄 일이 아니야.

도리안은 모든 마법 주문을 첫 시도에 바로 성공시켰어.

다니는 그 누구도 되돌릴 수 없는 일을 해내는 아이다.

내 평생 그런 아이들은 본 적이 없어.

하지만 마스터… 그러면 왜 그때 뭔든 하지 않으신 거예요?

난 노력했다.

의심을 사지 않고 어떻게 그 애들에게 접근하면 좋을지 통 모르겠더구나.

그러다가 학교로 가는 버스를 놓치는 걸 보고 기회라고 생각했지.

조수를 미끼로 꾀려고 했지만 내가 붙인 광고를 보지 않더군.

그러던 어느 날, 드디어 만났지.

내 계획은 그 애들이 세상에 해를 끼치기 전에 독살하는 것이었어. 하지만…

그럴 수가 없더구나.
아무것도 모르는
아이들이니까.

어쨌든 마법사들의 왕은
둘 중 하나가 분명해.

그래서 그 아이들에게
독을 먹이는 대신 제대로
교육하기로 마음먹었다.

둘 중 하나가
끔찍한 괴물로 변하는
것을 막을 수 있도록.

나는 성공했다고
생각했어… 상황도
안정되는 것 같았지.

하지만
내가 틀렸다.

이젠…
어떻게
해야 할지
모르겠구나.

그 애들을 죽일
계획이세요?

아니,
모르겠다.

늦은 것
같구나.

늦지
않았어요!
마스터가 그랬잖아요,
도리안과 다니는 착한
아이들이라고요!

그냥 '떠 있는 바위'로
올라가서 그 애들을 데리고
집으로 돌아가면 돼요!

네 말대로
되면 좋겠구나,
모니카.

그래서 누가 새로운
왕으로 추대되는 거지?

포로들은 어디에
가둬 놓았지?

왕은 투표로
뽑는 건가?

뭐?

그러면 난
널 뽑을게!
하하.

이봐,
거기!

여기 있으면 안 돼.
안식일 집회 장소는
메인 홀이야.

왕자들 말이야.
어디 있지?

니코! 너 원래대로 돌아왔구나!

쉿! 잘 들어라. 허비할 시간이 없어!

삭월이라 달의 힘이 약해졌잖아. 이제 경호원 역할을 할 수 있어! 모자 어때? 슬쩍했는데.

이미 모두 알고 있겠지만 우리의 최종 목표는 국왕을 없애고, 그 자리에 마법사를 앉히는 겁니다.

그렇다면 왕을 선택하는 최상의 방법은 뭘까요? 당연히 마법이죠.

우리를 이끌 운명을 가진 마법사가 누군지 알기 위해, 왕국에서 가장 뛰어난 예언가를 모셨습니다.

그 말은 누구라도 새로운 왕이 될 수 있다는 뜻이지요.

여러분 중 누구나… 나도 포함해서요.

예언가는 공물을 바쳐야 정확한 예언을 할 수 있다고 했습니다.

우리를 볼 것 같아!

계단 끝에 있는 출입문으로 가면 돼요.

모두 연설에 집중하고 있으니 서둘러요.

하지만 경비병이….

제가 있잖아요. 걱정 마세요.

반역자인 와이트 가문의 수장과 그 부인이 여기 있습니다.

14

19

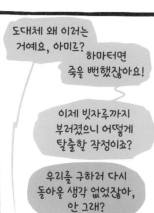

도리안?

그 악당! 어떻게 탈출했어?

아, 지금 그게 중요한 건 아니지….

잠깐만 기다려!

너 정말 저자들 편이야?

…

이 녀석은 마법사들의 포로였어.

정말 내 적인 걸까?

으아아아악!

혹시 네 편을 든다고 오해하지 마. 부모님을 구하러 온 거니까.

고마워.

네가 감옥에서 탈출한 건 나랑 상관없어. 네가 뭘 잘못했는지도 모르니까.

쿨쿨.

넌 좋은 녀석이야, 도리안.

너한테 신세 졌다!

서둘러!

그래.

저 애는 누구야, 윌리엄?

윌리엄?

저 애랑 저 애 누나가 나를 감옥으로 데려왔거든!

뭐?

빗자루는 찾았어?

아니, 아직.

설마 그….

22

내 왕관은
어디 있지?

잠시만 기다려,
내 동생.

네가 새로운 왕이라고
어떻게 확신하지?

나도 와이트야,
잊었니?

음, 그거야
난 남자니까,
당연하지 않아?

그래서?
누가 왕이
남자라고 했니?

여왕을
추대할 수도 있다고!

말도
안 되는···.

우리 중 더 강한 힘을 가진
사람이 왕위를 계승하는 게
합당한 거 아니겠니?

지금 누나가 나보다
더 강한 힘을 가졌다고
말하고 싶은 거야?

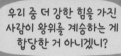

나야말로
왕관을 받을
사람이라고!

이 모든 걸
설계한 사람은
바로 나니까.

잠시··· 확실히
해야 할 게 있어요···.

첫째로,
내 수정 구슬을 보려면
제물이 필요해요.

그러지 않으면 나를
대가로 삼을 거예요.

저자를
제물로 쓰면
되겠군요.

뭐라고요?

오지 마!

잠깐만!

안 돼!
도와줘!

그리고
두 번째로···

나는 그분이 남자인지
여자인지 확신할 수
없어요.

허나 두 분 중에는 없습니다. 그분은 지금 아이니까요.

뭐라고요? 말이 안 되잖아요. 어린애들일 뿐인데!

지금 농담하는 거죠?

와이트 아이들 중 하나예요.

한스, 힐데, 두 사람이 말다툼하는 사이 반역자들이 탈출하고 있어요.

아… 당신 말이 맞아요, 안젤라.

무슨 조치든 취해야 해요.

이 이야기는 나중에 마저 하죠.

그래… 이제 용을 풀 시간이 된 것 같은데.

그러니까 다니와 도리안은 저기에 없다는 말이구나… 그럼 어디 있지?

다니, 상황이 어때?

괜찮아! 하지만 혹시 실수로 사람을 다치게 할까 봐 무서워.

걱정하지 마, 이건 그냥 약화 주문일 뿐이야.

이게 다 뭐지?

저 둘… 저 애들이 반역자 아니야?

난 이제 모르겠어.

저 둘이 모두를 공격하는 것 안 보여?

어….

이 겁쟁이들! 나 혼자 끝장내겠다.

이봐, 너. 반역자.

날 내버려둬!

윌리엄이 안 보여!

이젠 어떡하지?

여기서 벗어나야 할까?

윌리엄은 어디 있지?

진정해, 모니카.

전에 해 본 적 있잖아.

자, 간다!

충분히 날 수 있어!

윌리엄은 어디 있지?

잠깐 시야에서 놓쳤는데 사라져 버렸어.

다들 단단히 미쳤어!

왕을 죽이겠다고?

또 전쟁을 하겠다는 건가?

당장 떠나는 게 최선이야.

상황이 어떻게 된 건지는 잘 모르지만 와이트 집안 사람들과는 엮이고 싶지 않아.

난 마법을 못 쓰는 사람들에 대한 반감은 전혀 없다고.

가자, 그 녀석들이 우릴 잡기 전에!

데미안! 표정이 행복해 보인다?

설마 지금 이 혼돈이 좋은 거야?

아니거든요! 왜 이제 와요?

빗자루는 찾았어요?

그럼, 바로 여기…!

있었는데?

33

얼른
내 손을 잡아.

이거 정말
괜찮을까?

난 하늘을 나는 걸
좋아한 적이 없었어.

걱정하지 마! 이 용은
너를 보호해 주잖아.

그건 끊이지 않고 이어지는
불안감 때문이었어.

더 높이 올라갈수록
추락하면 더 처참할 테니까.

우아아!

'떠 있는 바위'로
데려다 달라고 해.

용한테
어떻게 말해?

더 높이
올라갈수록….

추락하면 더
처참할 테니까.

...

이제 난
뭘 해야 하지?

으으….

어지러워….

머리도 아파….

눈앞이 흐릿해.

피인가?

다니!

맞아… 떨어졌지.

용이 왜 우리를 받아 주지 않았을까?

용은 어디 갔지?

아! 다니는 어디 있지?

내 말 들려?

눈 좀 떠 봐!

으아악!

43

모니카?
여기서 뭐 해?

넌 뭘 하는데,
도리안?

뭐가
잘못···. 쉿.

지금 넌 껴안을지
뺨을 때릴지
고민 중이니까.

난 그냥 나 자신을
지킨 것뿐이야.

너 때문에
무서웠어. 꼭 다른
사람 같았다고.

대체 뭘 하고
있었던 거야?

너 자신을
지키고 있었다고?

47

48

치유 주문은 안 배웠어!

무슨 소리야? 그게 제일 중요한 거잖아. 치유 주문을 가장 먼저 배웠어야지!

의사가 필요해, 네 빗자루 어디 있니?

싸우다 부러졌어.

내 것도야!

네 거? 빗자루?

어쩔 수 없어.

모니카?

걸어서라도 가야 해.

뭐라고?

내가 데리고 갈게. 너한테 무거울 거야.

괜찮아. 내가 데리고 갈 수 있어. 게다가 넌 다쳤잖아.

으으….

그러다간 한 발짝도 못 가서 숨이 찰 거야.

등에 업을 수 있게 도와줄래? 그게 훨씬 쉬울 거야.

저 차는 왜 저기 있는 거지?

어머! 저 차는….

* 우노 : 미국의 보드게임 중 하나. 규칙에 따라 카드를 내거나 가져온다. 카드가 1장 남았을 때 '우노'라고 외치고, 카드를 가장
  먼저 모두 낸 사람이 이긴다.

그래, 더 세게 꾸며도 되겠어.

정말 그럴까?

다니, 넌 어떻게 생각해?

으음… 네가 하고 싶으면 해.

어떻게 해도 어린애로 보이지만!

야!

하하하. 넌 전혀 무섭게 생기지 않았어, 니코.

하지만 날 믿어. 난 변신 전문가니까.

네 친구를 얼마나 근사하게 만들어 놓는지 알잖아.

맞아, 모니카! 네 새로운 모습이 정말 마음에 들어.

그만해. 부끄럽잖아.

다니, 너만 좋다면 성에 도착하자마자 변신시켜 줄게!

아냐, 난 괜찮아.

게임에 집중하지 않으면 내가 단숨에 이겨 버린다!

이봐, 즐거운 분위기 망치지 마!

날 이긴다고? 하지만 카드가 그렇게 많이 남았는데?

그러다 열 살짜리가 널 이기겠어.

나 열두 살이거든! 곧 열세 살이라고!

있잖아, 도리안!

응?

내 모습 어때? 진짜 마법사처럼 보여?

도리안?

어?

음... 내 생각에는 너무....

나이 들어 보여.

뭐라고?

저 녀석 용감하네.

아, 도리안....

쟤 왜 저래!

믿을 수가 없어! 너무 무례하잖아, 개구리 꼬마!

나한테 늙어 보인다고 한 거야?

너 엄청 예뻐, 됐지?

너한테서 이제 아무것도 안 배울 거야! 넌 너무 수준이 낮아!

응? 지금 뭐라고 했어?

아무것도 아냐.

나 못 들었어. 뭐라고 했냐고.

아무 말도 안 했다니까.

56

마스터, 어쨌든 둘을 해치는 건 안 돼요!

저희가 먼저 얘기해 볼게요.

...

나중에 보자꾸나.

어쩌면 좋지?

걱정하지 마, 니코. 우리가 둘을 지키면 돼!

우리가 여기 서 있는 동안에는 아무 일도 벌어질 수 없어.

하지만 해가 뜨자마자 난 다시 작아질 거라고.

음, 네가 가서 도움을 청하는 게 좋겠어!

그래… 마스터가 오기 전에 돌아올게.

좋아. 난 여기 서서 둘을 지키고 있을게.

저 애들이 네 방에 있는 것 신경 안 쓰여?

당연히 신경 쓰이지! 내 공간인데.

일기장도 있다고! 도리안이 읽으면 어떡해?

그 애의 관심사는 오직 책이랑 개구리뿐이야. 마음 놔도 돼.

하하… 맞아. 괜히 걱정했네.

지원군을 데리고 곧 돌아올게.

쓸데없는 걱정 마!

그럴 리가 없으니까.

도리안은 아직 꼬맹이야. 여자애들이 뭐 생각하는지 아무 관심 없다고.

으으….

다니!

여기가 어디지?

여긴 모니카 방이야. 하지만 나도 모르겠어, 우리가 어떻게….

뭐 하시는 거예요? 안에 들어가시면 안 돼요!

모니카, 난 들어가야 해. 다른 대안은 없다.

대안이 없다니 무슨 말씀이시죠? 둘을 죽이기라도 할 건가요?

저 애들은 잘못한 게 없다고요!

진심은 아니시죠?

… 너와 싸우고 싶지는 않구나.

이러면 안 돼요, 마스터!

모니카…

내가 수정 구슬에서 본 섬뜩한 광경을 봤다면 너도 망설이지 않았을 거다.

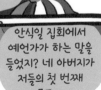

안식일 집회에서 예언가가 하는 말을 들었지? 네 아버지가 저들의 첫 번째 목표….

퍼억

으앗!

응?

이게 무슨….

에번스!

도저히 믿을 수가 없군, 펜드래건…

니코, 네가 날 배신해?

아이들을 죽여? 진심인가? 내가 사람을 완전히 잘못 봤어.

배신? 니코는 사람으로서 분별력이 있는 거네!

나도 들어갈래.

자네는 아무것도 몰라, 에번스!

그러면 설명을 해 봐, 한 대 더 치기 전에!

도리안…

다니….

너희 깨어났구나.

…

…

다니…

난… 널 죽이고….

어어?

이런, 이 문제를 잊고 있었어!

마크, 날 죽이지 마!

미안…

내가 자꾸 왜 이러는 거지? 이젠 괜찮아.

확실한 거지?

이게 다 무슨 일이야?

말해 봐, 모니카.

그게….

우리한테 대체 뭘 감추고 있는 거야?

잠깐만, 뭐라고?

우리가 막을 수 없을 거라는 게 무슨 뜻이야?

와이트 가문의 아이.

새로운 전쟁에서 다음 세대의 마법사들을 이끌 강력한 힘을 지닌 아이…

가능해. 심지어 그럴 만해.

무슨 소리를 하는 거야, 도리안?

응?

?

난 너희를 보호하느라 내 목숨을 걸었어!

너희를 믿었기 때문에 마스터가 너희를 해치지 못하게 막았던 거라고!

그런데 이제 와서 마스터의 말이 맞다고 하는 거야?

마스터가 너희를 죽이게 놔둬야 해?

너, 우리 아빠를 죽일 계획인 거야? 나도 죽일 작정이냐고!

뭐?

내가 지금 내 얘기를 하고 있다고 생각해?

설마 우리가 그런 짓을 할 거라고 생각하는 건 아니지?

너희가 아니면 누군데?

와이트 아이랬어. 그건 부정할 수 없어. 예언은 확실히댔어.

그래, 그 설명에 딱 맞는 사람이 있어.

우리는 그 사람에 대해 말한 적이 없어. 얘기를 꺼내기도 싫은 사람이거든.

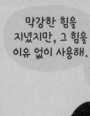

아주 좋겠어.
안 그래, 사랑받는
영웅님?

니코?

마침
네가 여기
있으니…

얘기를 좀
하고 싶어.

난 네가 나한테 화가
나 있어서 나를 피한다고
생각했거든….

그런데 그게
아닌 것 같아.

무슨 일이야?
누가 널 축소시켰어?

네 여자
친구한테 묻지?

여자
친구라니?

어쩌면 그렇게 둔하냐?
당연히 다니지.

다니가 나를 축소시켰어.
벌을 주겠다고 말이야.

왜냐하면 너도
알다시피 난 얼간이니까.
그래도 싸.

넌 얼간이가
아니야.

넌 멋져,
니코.

나 얼간이 맞다고!
네가 뭘 알아?

넌 뭐든 잘하고 모르는 게
없는 완벽한 놈이잖아!

언제나 다른
사람을 구해 주는!

하지만
니코….

가서 새로운
친구들이나
사귀어라!

기다려,
니코!

정말 짜릿했어. 그렇지, 카를로?

기회가 되면 다시 가서 그 용을 찾을 거야.

하지만 걱정 마, 내 단짝은 여전히 너니까.

네가 아침밥 다 먹으면 우리 낮잠을 조금 자자.

어, 도리안?

으악! 모니카!

여기서 뭐 하는 거야?

너희 너무 귀엽다.

방해할 생각은 없었어.

난 그냥… 아까 일이 미안해서. 마스터가 너에 대해 끔찍한 얘기를 하긴 했지만, 그렇다고 너한테 소리를 지른 건 잘못이야.

나…

약속할게! 다시는 너를 의심하지 않겠다고! 또 날 미워하진 말아 줘, 부탁이야.

너 지금 사과하는 거야?

그래, 맞아. 이게 그렇게 이상해?

하하.

모니카, 난 당연히 너한테 화나지 않았어.

위험한데도 우리를 찾으러 와 줬는걸.

69

넌 나를 구했어.

넌 나의 영웅이야.

진심이야?

네 영웅이라고?

당연하지!

아... 그래... 맞아, 네 말이!

그럼 우리 계속 한 팀인 거다.

응!

잘 자, 도리안!

내일 보자.

그리고... 아까 내가 말한 건 진심이야.

다시는 널 의심하지 않을게.

우리는 한 팀이니까 서로를 믿어야지!

그럼!

제7장 다니의 변신

그러니까 내 딸을 보지 못했다는 게냐?

윌리엄 왕자님은 뵈었습니다.

하지만… 구해 낼 수는 없었습니다. 어디로 가셨는지 알 수도 없고요.

그래도 좋은 소식도 가져오지 않았느냐.

그렇습니다, 폐하…

최송합니다.

마법사 대부분이 나를 배신하지 않기로 했다면서?

네?

그럼 필요 없다. 모니카가 그 혼돈 속에 있지 않았다는 것만으로도 위안이 되니까.

심지어 나를 위해 싸우기도 했다고?

맞습니다.

어쨌든 내게 계획이 있다. 위험하기는 하지만, 어쩌면 싸울 필요가 없을지도 모르지.

싸울 필요가 없을 거라고?

그건 아닐걸요?

폐하는 너무 순진하시네요.

72

잘 잤어?
좋은 아침!

응, 좋은…

우아!

짜잔!

나 어때?

너 정말
귀여워,
다니.

야,
그 멜빵바지
내 거야.

진짜?

다락방에서
찾은 건데.

나는 전부 검은색
옷만 있어서….

정말 미안,
지금 바로
돌려줄게!

너 가져.
너한테 훨씬
잘 어울리니까.

걱정 마. 내가
같이 쇼핑 가 줄게.
짧은 머리 정말
잘 어울린다.

이렇게 하면
훨씬 편할 것
같았거든.

넌 어떻게 생각해, 도리안?

흡측해.

왜 그런 말을 하니, 도리안!

무슨 소리를 하는 거야, 도리안?

우린 언제나 쌍둥이처럼 보여. 얼굴이 똑같이 생겼잖아.

이해가 안 가.

갑자기 왜 외모를 싹 바꾼 거야?

이제 나랑 쌍둥이처럼 보이지 않잖아.

하지만 왜 검은 옷을 입지 않은 건데?

마법사는 검은 옷을 입어야 하잖아.

아빠는 좋은 사람이 아니잖아.

아빠가 싫어하실 거야.

그리고... 난 이제 마법사이고 싶지 않아.

뭐?

난 마법에는 소질이 없어.

그냥 평범한 사람으로 있는 게 나아.

무슨 소리야, 마법에 소질이 없다니?

넌 '떠 있는 바위'에서 나랑 같이 싸웠잖아!

네가 모두를 물리쳤다고. 그리고 용 한 마리를 죽였지!

있잖아,

난 대왕오징어도 죽였어.

마크네 카페도 무너뜨렸고,

내가 만든 묘약 때문에 마크가 날 죽이려고도 했어.

니코도 축소시켰지!

내가 마법을 쓰려고 할 때마다 결국 다 잘못되고 만다고!

네 쌍둥이 누나는 구제 불능이야.

그렇다고 널 떼 놓으려는 건 아니야. 그냥 마법만.

그래, 그렇겠지!

넌 비겁한 겁쟁이야, 다니!

도리안!

아무튼, 난 일하러 갈게. 늦으면 안 되거든. 이따 봐!

? ? ? ?

짠!

나 어때 보여?

뭔가 달라졌는데….

머리를 잘랐잖아!

이걸 못 알아봐?

아, 그러고 보니까 그렇네….

어제 네가 일자리를 부탁했을 때, 진심인 줄 몰랐어.

당연히 진심이지. 난 일할 준비가 되어 있다고!

평범한 생활이 얼마나 지겨운지 곧 알게 될걸.

넌 지겨워, 마크?

항상.

너희랑 같이 있을 때만 빼고.

!

너희 모두 말이야. 네 남동생, 그리고 니코, 마스터….

어쨌든 이제 난 여기서 일할 거야. 일도 재미있을걸! 내가 잘할 거라고 믿어.

상황을 엉망으로 만든 건 언제나 내 마법이었으니까.

이봐….

내가 조금 서툴렀나 봐. 헤헤.

진심이야? 이게 조금 서툰 거라고?

상황을 엉망으로 만드는 건 마법이라며?

우리만 있어서 다행이지.

아빠가 돌아오시기 전에 마법으로 돌려놓을 수 있을 거야.

난 못해, 마크. 내가 말했잖아!

다시는 마법을 쓰지 않을 거라고, 절대로.

절대로? 진심이야?

난 뭐든지 내 힘으로 하고 싶어.

넌 내가 아는 사람들 중 가장 평범해. 그러니까 평범해지는 방법을 알려 줘!

그렇게 생각해 주니 고맙네….

내가 마법 없는 삶을 가르쳐 줄게.

우아!

하지만 경고할게, 굉장히 험난할 거야.

내일 아침부터 7시에 일어나야 해. 일찍 시작하자고.

좋아!

77

오늘은 평범한 사람이
되는 법을 배우는 첫날.

오전 7시

오전 8시

마법 지팡이 없음.

마법 주문 없음.

오전 9시

실수 되돌리기 없음.

오전 11시

오후 1시

묘약 없음.

빗자루 타고 날기 없음.

순식간에 고치기 없음.

한마디로 요약 : 마법 없음.

빗자루를 타고 날지 않는 생활 말이야.

도리안이 깨어 있으면 좋을 텐데.

어?

어!

도, 도리안! 뭐 하고 있어?

넌 기다리고 있지.

일은 어때? 끔찍하지?

엄청 지루하고?

진짜 힘들었지?

아주 멋졌어!

오늘 좀 서툴렀는데 월요일에는 좀 더 열심히 할 거야.

그러니까 거기에서 계속 일할 거라고?

응.

저기, 우리가 마실 코코아를 만들었어.

너만 좋다면 코코아 마시면서 오늘 일을 전부 말해 줄게.

아니, 됐어. 잘 자.

응... 잘 자.

...

안 먹혔어.

다니가 계속 마법을 안 쓰겠다고 고집부리고 있어.

쇼핑은 정말 힘들어.

무슨 소리를 하는 거야? 얼마나 즐거운데!

그리고 계속 니코 옷을 입을 수는 없잖아.

걘 신경 안 쓸걸.

으응? 저 사람은 우리 아빠 호위병인데.

벽보를 붙이고 있나 봐.

확인해 보자!

- 왕실에서 알림 -

왕궁에서 열리는 초대형 무도회

다음 주 국왕 폐하 주관으로 왕궁에서 모든 이들이 참석하는 무도회가 열릴 예정이다.

귀족, 평민, 농부, 상인, 그리고 마법사까지 전원 참석하라.

무도회?

무도회!

이제 다시 쇼핑할 핑계가 생겼네!

하하! 그래, 하지만…

이거 어딘가 좀 수상하지 않아?

너희 둘 다 윌리엄만큼 형편없어. 윌리엄도 춤출 때마다 내 발을 밟았거든.

그래도….

도리안이 있어 다행이야.

나랑 춤출래, 도리안?

넌 내 발을 밟지 않을 거지? 전문가랬잖아.

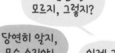

너 춤출 줄 모르지, 그렇지?

당연히 알지, 무슨 소리야!

이제 그만 인정해!

당연하지.

난 그냥… 지금은 추고 싶지 않을 뿐이야.

그럴 줄 알았어!

나 춤출 줄 알거든?

내가 기쁜 마음으로 가르쳐 줄게, 도리안.

무엇이든 네가 나에게 가르쳐 줄 필요는 없어!

왜 네가 뭐든 다 아는 게 아니라는 사실을 인정하지 않는 거야?

쟤 춤출 줄 모르네.

모르는 게 확실해.

눈곱만큼도 모를걸.

방해해서 미안해.

으아악!

마법을 가르쳐 달라고 부탁하러 왔어.

나 그걸 기분 아니야, 모니카.

초보를 위한 왈츠

네가 약속했잖아! 약속을 깨고 싶지는 않지, 그렇지?

난 그냥…

엄마 아빠에 대한 생각을 멈출 수가 없어. 게다가 다니까지! 어떻게 해야 상황을 바로잡을 수 있을지 전혀 모르겠어.

기초 마법 개념

제1권

네가 걱정한다는 건 알아, 도리안. 하지만 결국은 다니의 선택이야.

다니는 자기가 원해서 마법을 포기하는 게 아니야.

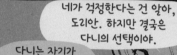

자기가 잘하지 못한다고 생각해서 포기하는 거지.

하지만 네가 화를 낸다고 다니가 마음을 바꾸지는 않아.

난 행복하지 않은데 행복한 척은 못하겠어. 그건 나답지 않으니까.

너 그거 알아? 넌 너무 고집이 세.

와이트 교수님…

이거 봐!

그 말은 반칙이야!

마스터의 수업에서 한 필기야. 마법의 종류와 난이도에 따라 색깔별로 분류해 놓았어.

이렇게 세심하고 정밀하고 체계적인 학생을 외면하는 건 너무 아쉽지 않아?

내가 약한 부분을 너무 잘 아네.

90

내가 왜 쟤들을 하루 종일 감시하고 있는지 모르겠군.

진짜 난….

둘이 뭘 하든 전혀 신경 쓰이지 않는데 말이야.

난 빠질래.

발코니에서 공부하는 게 과연 좋은 생각일까?

네가 책을 읽었다고?

물론이지!

예전에 왕궁에서 살 때는 오늘처럼 화창한 날이면 정원에서 책을 읽곤 했는걸.

난 젊은 연인들이 서로 함께하기 위해서 수많은 역경을 극복해 나가는 로맨틱한 이야기를 정말 사랑하거든.

용, 악령, 마법사, 사악한 계모와 맞서 싸우고…

아하, 그렇다면 말이 되네.

그리고 가장 좋아하는 건 바로 이거야. 깊은 잠에서 공주를 깨우는 진정한 사랑의 키스!

잠자는 사람한테 키스를 한다고?

소름 끼쳐.

그런데 현실 마법사들은 너무 따분해.

소성이 사실이 아니라는 게 너무 아쉬워.

무슨 소리를 하는 거야?

당연히 사실이지.

정말이야?

주문 중에는 구체적인 행동을 해야만 깨지는 것들도 있어.

키스뿐만 아니라 약속을 지킨다거나 복수를 한다거나….

우리는 그걸 '저주'라고 부르지.

네가 원하면 저주를 공부할 수도 있어.

사람을 저주하는 법을 가르쳐 줄까?

아니, 됐어.

생각보다 저주는 아주 강력하지.

난 그러고 싶지 않아.

확실한 거야?

그래! 이제 나 겁주는 거 그만해. 안 먹히니까!

하하! 마법사들이 따분하다고 한 게 누구였더라?

그러면 넌 뭘 배우고 싶은데?

치유 마법을 배우고 싶어.

다니가 아팠을 때 치유 마법으로 나아진 거잖아.

그때는 도움을 받았지만, 다음에 또 그런 일이 생기면 내 힘으로 고치고 싶어.

그러면 치유 묘약은 어때?

완벽해!

좋아. 묘약에 필요한 재료는….

잠깐만 기다려!

난 분위기를 먼저 만들어야 하거든.

?

93

내 친구들이야.

너희 니코를 찾는 거야?

응, 개학한 지 한 달이 됐는데도 니코가 학교에 계속 안 나와서.

니코, 너 그동안 땡땡이친 거야?

이 꼴로 학교에 갈 수 없잖아!

나 여기 있다고 말하지 마!

니코는 지금 집에 없는데…

잘 지내니까 걱정하지 마!

그러면 너희 둘, 우리랑 같이 놀러 갈래?

뭐라고?

우리가 숲에서 엄청난 콩을 발견했거든. 그 콩이 자라면 굵은 줄기가 되는데 하늘까지 닿을 정도라서….

그래, 당연하지! 갈게.

어어?

쟤들은 내 친구지, 네 친구 아니거든!

가자, 모니카! 숲에서 묘약 재료도 구할 수 있을 거야.

아니, 난 여기 있을래….

알잖아, 난 진흙탕이랑 벌레 같은 건 질색이야.

음, 그래.

하지만 난 이제 철이 들어서 그런 것들이 괜찮아졌어!

아마도.

지금 장난하냐?

나중에 보자!

...

으엑, 도리안은 괴짜야. 내 친구들이 쟤를 좋아할 일은 절대 없을 거야.

너도 나랑 같은 생각이지, 그렇지?

어?

나? 내 생각에는…

그러니까….

도리안은….

세상에!

도리안은 귀여워.

뭐라고?

나 좀 헷갈리나 봐!

생각 좀 하러 갈게.

또다시…

모두가 나를 밀어냈어.

꼭 내가 존재하지도 않는 것처럼.

생각해 보면 언제나 이랬엄.

준비됐어, 니코?

응.

그래, 그러면…

자, 간다!

아.

퍽

니코…?

으아앙!

선택의 여지가 없네, 에번스. 아이 엄마가 나를 보호하려다 죽었어ㄴ걸.

그래서 자네가 저 애를 돌보겠다고?

니코가 다쳤어요!

아빠 지금 이야기 중이잖니, 마크.

하지만 얘 피가 나요!

으아아앙!

계산대 밑에 구급상자가 있어.

내가 저 애를 돌볼 수 있어, 펜드래건.

마크도 형제가 생기면 아주 좋아할걸세.

자네 혼자서 아이 둘을 돌보는 건 불가능해.

저 애 엄마가 도움을 청하러 왔을 때 저 애는 죽어 가고 있었네.

나는 마법으로 저 애를 살렸고 저 애 엄마는 흑마술을 썼다고 재판을 받게 됐지.

나를 배신하지 않아서 그만 화형을 당하고 말았다네.

나는 저 애를 버릴 수 없어. 나 때문에 고아가 된 거나 마찬가지니까.

하지만 그렇다고 필요 이상으로 친밀해질 생각은 없네. 저 애까지 위험에 빠뜨릴 수는 없어.

나와 가까워지는 사람은 누구든 다치게 되니까.

봐, 니코!

이제 다 나았어.

아직도 아, 아픈걸.

응?

아픈 건 금방 사라져, 니코.

그리고 이 일회용 밴드는 그 증거야.

증거?

그래! 상처는 용기의 증거거든.

100

난 언제나 기다렸던 것 같아.

난 마스터가 나를 자랑스러워하기를 바랐어.

그렇지만 아무리, 아무리 애를 써도 통하지 않았지.

101

최송해요.

우리는 절대 가족이 될 수 없었어.

나는 마스터의 아들이 아니었고, 마스터는 내가 아들이 되길 원하지 않았지.

그리고 마법을 쓸 때는 성가시게 하지 말랬지!

마법은 아주 위험하다고!

전 마법을 배우기로 결심했어요!

그래서 나는 선택했어.

위대한 마법사가 돼서 마스터가 점을 칠 때 도움을 드릴 거예요.

마스터의 제자가 되기로.

마스터는 나를 가르치려고 하지 않았기 때문에 나는 스스로 배워 나갔어.

펑

그렇지만 아무리 해도…

마법을 쓰려고 시도할 때마다 난장판이 되었지.

하루에 몇 시간에서 온종일을 며칠 내내

몇 주 몇 달 몇 년을.

나는 혼자서 공부했어.

연습을 하고,

몇 번이나 반복해 시도했지.

하지만 결과는 언제나 똑같았어.

내가
바랐던 건
오직.

마스터가 나를
자랑스러워하는
것뿐이었는데…

하지만 아무
소용없었어.

나는
비참했지.

어제 뭔 일 있었어?

미안해. 난 그냥 연구하느라…

우리 만나기로 했었잖아!

아무래도 올해 유급할 것 같아.

마법에만 너무 몰두해서….

봐, 마크 에번스야!

너무 귀엽다.

어린애들이랑 놀게 생겼어. 생각만 해도 지루해.

거기다 키도 크고 힘도 세… 너무 멋져!

쟤가 왜 당근 머리 니코랑 어울리는지 정말 이해가 안 돼. 둘이 너무나 다른데 말야!

그래… 니코는 유명해지고 싶어서 마크 옆에 붙어 있는 것 같아. 마크는 차마 싫다고 못하는 거지.

니코는 자기가 잘난 줄 알아.

난 아무리 애를 써도 잘할 수 없었어.

언제나 스스로를 바보로 만들고 끝나고 말았으니까.

난 너무나 외로웠어.

그리고 어느 순간 갑자기.

마크는 키 크고, 귀엽고, 인기 많고, 심지어 똑똑한 사람이 되어 있었지.

누군가 저 애들의 잠재력을 이끌어 줄 필요가 있어.

하지만 마스터….

제가 제자잖아요.

너는 마법을 쓸 수 없잖니.

속이 울렁거렸어.

걱정 말아라. 너만 좋다면 여기 계속 살아도 상관없으니까.

나를 대신할 아이들이 생겼던 거야.

어?

이봐, 나 막 집에서 도망쳐 나왔어.

그때가 본격적으로 일을 망치기 시작한 때였어.

106

이렇게 계속 바보처럼 굴 거야? 난 그저 너를 도우려고 한 거라고!

!

이거 놔.

네 도움 따위 필요 없어, 알겠어? 더 이상 네가 필요 없다고.

마크의 생각은 알고 있었지만, 그럴수록 오히려…

더 화풀이를 하고 말았어.

그리고 얼마 지나지 않아.

그 애들을 만났지.

너 하마터면 내 얼굴을 칠 뻔했다고!

마스터를 속일 수도 있었어.

하지만 난 신경 쓰지 않는 척하기로 했어.

109

난 나를
속이기로 했지.

그 애들을
미워하기는
쉬웠어.

사실, 다니를
미워하는 건
쉽지 않았지만.

정말
덤벙대.

귀엽다.

하지만
도리안,

도리안은
내 악몽이었어.

내가 원하는
모든 것을 다
갖고 있었으니까.

하지만
그중에서도
최악은….

도리안이 나를
좋아한다는 거야.

뭐든지
너무도 쉽게
척척 해냈지.

그 애는 끊임없이
자기를 과시해 보였고
나는 견딜 수가 없었어.

멋지다!
나도 가도 돼?

나도
갈래!

난 도리안이 내 것을
더 이상 빼앗아 가도록
놔둘 수 없었어.

성가셔.

마스터한테 장화를 빌려 달라고 할게.

그 말에 나는 폭발했어.

건드리지 마! 말했잖아, 난 너 싫다고!

내 동생 괴롭히지 마!

바로 그 순간, 큰 벌을 받았어.

의심의 여지는 없다. 도리안, 혹은 다니. 마법사들의 왕은 둘 중 하나다.

지독한 장난 같았어.

쓸모없다는 게 무슨 뜻인지 제대로 알게 되었지.

그리고 최악은….

어쩌면 마스터는 그저 나를 지키고 싶었던 건지도 몰라. 아마 내가 마스터에게 중요한 사람이었나 봐.

하지만 너무 늦어 버렸어. 나는 마스터를 실망시켰어. 도리안과의 관계를 망쳤고, 모두를 밀어냈지.

그건 다 내가 너무 자만해서였어.

그리고 이제….

몰래 엿듣지 마, 모니카! 니코가 단둘이 할 얘기가 있댔어.

너희는 얼마든지 가도 돼. 궁금하지 않다면 말이야.

잠깐 좀 비켜 봐.

너희 때문에 아무것도 안 보이잖아.

쉿, 큰 소리로 말하지 마. 다 들리겠어.

내가 미안해.

뭐?

내가 미안하다고.

응?

니코, 그렇게 작게 말하면 알아들을 수가 없어.

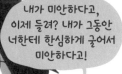

내가 미안하다고, 이제 들려? 내가 그동안 너한테 한심하게 굴어서 미안하다고!

난 질투가 났어! 네가 너무 부러워서 너한테 못되게 굴었어, 알겠어?

뭐?

니코, 네가 날 부러워할 건 아무것도 없어.

오히려 반대여야 맞아.

으으, 흐윽!

제, 제발 울지 마.

훌쩍.

너 왜 그런 말을 하는 거야?

넌 언제나 마법을 얼마나 잘 쓰는지 증명해 보였잖아.

마법?

니코가 울어! 우리가 뭘 해야 하지 않아?

아니, 그냥 놔둬.

어머, 너무 깜찍해!

네가 마법을 배우고 싶다면 내가 가르쳐 줄게. 나 모니카한테도 수업을 해 주고 있거든.

그게 아니야.

난 마법을 쓸 수 없다는 걸 이미 알고 있어.

하지만 그렇다고 너한테 화풀이를 하면 안 됐어.

난 우리가 친구가 됐으면 좋겠어.

…

네가 날 용서해 준다면… 처음부터 다시 시작하자.

으아아!

주문이 깨진 거야?

나도 몰라⋯ 난⋯ 그냥 미안하다고만 했을 뿐인데⋯ 갑자기!

하지만 어떻게?

앗, 넌 저주를 받았던 거야!

저주는 어떤 행동을 하면 풀릴 수도 있대.

그래, 맞아!

도리안이 어제 저주에 대해서 설명해 줬거든.

아무래도 다니는 저주 전문가인가 봐.

응?

그건 너무 확대 해석이야.

그런가?

괜찮아⋯ 그 말이 맞아.

나쁜 뜻으로 한 말은 아냐!

⋯

117

119

그러면 다니가 시합에서 이긴 거야?

당연하지!

비웃지 마, 마크. 그래도 난 내 빗자루랑 춤을 추지는 않으니까.

이제 너도 원래 크기로 돌아왔으니까 나처럼 춤 연습해야지.

파티에서 바보처럼 보이고 싶지 않다면 말이지.

도리안…

너 지금 뭐 해?

네가 만든 묘약을 실험해 보지 않으면 속상하잖아.

그래서 우리 둘이 같이 마셔 보면 어떨까 생각했어. 반반씩.

난 틀림없이 성공했을 거라고 생각해.

어쨌든 난 네 선생님이니까.

우리는 한 배를 탄 거야.

왜…

이렇게 귀여운 거지?

이건 해독제라 먼저 독을 약간 마셔야 해. 아무리 해놓지 않다고 해도, 독은…

잠깐만.

우리가 독을 먹어야 한다고?

난 소설을 많이 읽어서 어떤 결말이 나올지 잘 알아!

우리가 제대로 한 게 맞다면 지금 당장 독을 마실 필요는 없잖아, 안 그래?

으응?

그 약병 나한테 줘!

너 아직도 화났어?

그래.

있잖아, 도리안....

너 몇 살이야?

!

조금 있으면 열세 살...

왜?

뭐? 겨우 열두 살이야?

너 완전 꼬맹이였네.

어?

꼬맹이?

내가 꼬맹이면 넌 뭔데?

난 열네 살이니까 청소년이지.

헤헤. 도리안이 귀여운 건 맞아.

마치 강아지처럼.

그래, 하지만....

그거 알아? 나도 곧 열세 살이 된다고.

도대체 그게 무슨 뜻인데?

너야말로 무슨 뜻인데?

어우, 몰라! 네가 먼저 시작해 놓고!

퍽

난 자러 갈 거야!

나도 같이 갈 수 있어서 좋다.

나 어제 하루 종일 춤 연습도 했다고.

음, 흐음….

무슨 일이야, 모니카? 기분이 안 좋아 보여.

그냥 좀 초조해.

혹시 윌리엄이 아직도 돌아오지 않았으면 어쩌지?

당연히 있지! 걱정하지 마.

나 준비됐어. 절대 웃지 마.

어머, 너무 멋져!

역시 내 의상 고르는 솜씨란!

너 마크 질투하는 거지?

하 하 하

웃지 말라고 했지!

파트너와 의상을 맞추는 건 파티에서 아주 당연한 거야.

그러면 왜 니코는 녹색을 입은 거야?

내 파트너는 카를로니까 그렇지.

125

다니엘라 와이트, 도리안 와이트, 맞느냐?

네, 폐하.

아빠…?

호위병!

국왕 폐하 아니야?

무슨 일이지?

싸움인가?

이 애들을 해치지 마세요!

이 모든 게 다 함정이었어요?

와이트 가문에 대해서 무슨 얘기를 들으셨든 간에…

아빠는 진실을 몰라요.

애들은 절대 남을 해치지 않아요.

제 소중한 친구라고요.

죽게 놔두지 않을 거예요!

난 네 친구들을 죽이지 않을 거다.

네?

펜드래건이 모두 이야기해 주었다.

와이트 가문이 주도해 일으킬 반란에 대해서도 알고,

그 집안의 한 아이가 나를 폐위시킬 운명이라는 것도 알지.

마스터!

하지만 펜드래건이 너희가 남을 해칠 수 없는 친절한 아이들이라는 말도 해 주었다.

그래서 나는 너희가 부모의 영향을 받지 않도록 떼어 놓을 작정이다.

너희는 앞으로 이곳, 왕궁에서 살도록 해라.

더 이상의 전쟁은 바라지 않아.

둘을 죽이는 일도 없을 거다.

나는 너희 모두를 지킬 거야.

무도회는 함정이 아니다.

평화의 메시지를 전하려 던 거란다.

마법사와 평범한 사람들이 조화롭게 살 수 있다는 걸 세상에 보이려고 말이다.

우리는 오랜 세월을 싸웠고 너무 많은 목숨을 잃었어.

우리 모두가 같은 인간이라는 걸 잊고 지냈지.

난 아무것도 몰라.
오랫동안 밖에 나가 있다가
좀 전에 돌아왔거든.

미안.
그건 몰랐네.

난 윌리엄이랑
다른 왕자들과 함께
납치됐었어. 윌리엄과
나는 간신히 탈출할 수
있었지.

하지만 윌리엄은
다른 왕자들을 저버리고
싶지 않다고, 자기가 구해
오겠다며 녹색 용을 타고
되돌아갔어.

윌리엄이
용을 탔다고?

음, 정확하게는 용이
윌리엄을 데리고 갔다고 하는 게
맞겠지만 말이야.

어쨌든 네가
잘 지내고 있는 걸 보니
기쁘다, 모니카.

윌리엄이 돌아오지
않는다면 언제든 내가
너랑 결혼할게.

윌리엄은
돌아올 거야.

난
확신해.

그리고 돌아오지
않더라도 난 윌리엄을
반드시 찾아낼 거야.

그래서 윌리엄과
꼭 결혼할 거라고.
넌 아니야, 그 누구도
안 돼.

이제 그만
실례할게.

마크, 너 지겨워 보인다.

!

밖으로 나갈래? 마을에서도 파티가 열리고 있어.

그래, 제대로 된 파티에 가고 싶어!

도리안, 나가기 전에 같이 춤출래?

춤추고 싶지 않은데.

그리고 너 마크 좋아하잖아.

왜 마크가 아니라 나한테 춤을 추자는 거야?

마크는 정말 귀엽지만….

하지만 내가 제일 좋아하는 사람은 너야. 알지?

너랑 재미있는 시간을 보내고 싶어.

그리고 애써 맞춰 입은 의상이 아깝잖아.

어이구.

하하! 지금 당황했지?

도리안이 내키지 않아 하는 것 같으니까 나랑 같이 추자!

그보다 모니카를 찾아봐야 할 것 같은데….

금방 올게!

잠깐….

135

그런데 너 뭐 문제 있어?

왜 춤을 안 추려는 건데?

그게, 사실….

믿기 어렵겠지만 내가 거짓말을 했어.

난 춤출 줄 몰라!

책은 잔뜩 읽고, 또 읽었는데 연습을 안 했어.

눈곱만큼도 믿기 어렵지 않거든.

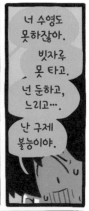

너 수영도 못하잖아.

빗자루 못 타고.

넌 둔하고, 느리고….

난 구제 불능이야.

하하, 그래. 넌 정말….

"난 너랑 친구가 되고 싶어!"

아.

절망하지 마.

누구나 못하는 부분도 있는 거니까.

자신감을 갖고 행동하면 원하는 걸 얻을 수 있을 거야!

맞아, 니코. 나한테 필요한 건 자신감이야!

우리가 친구여서 정말 기뻐.

그게 먹혔다고?

흠흠… 잠깐 실례.

저에게 당신과 춤출 수 있는 영광을 주시겠어요?

공주님이 그 애 드레스를 보셨어야 해요!

그걸 놓쳤다니 아쉬워.

모니카! 우리 마을로 놀러 갈 거야. 같이 갈래?

난 그냥 여기 있을게.

정말 춤 처음 추는 거 맞아?

고마워. 춤추는 방법을 책으로 많이 읽기는 했어.

너 진짜로 춤 잘 춘다!

어머, 공주님 친구 좀 봐요! 괴짜인 줄만 알았는데 춤을 정말 잘 추네요?

아까는 춤출 기분이 아니라고 하지 않았나?

그냥 나랑 춤추고 싶지 않았던 건가….

우리 이제 마을로 가자.

모니카랑 도리안은 어쩌고?

모니카는 여기 있겠대. 도리안은 아직 나한테 화나 있고.

그냥 셋이 재미있게 놀자. 우리끼리만.

본격적인 파티 시작!

145

빨리, 숨어!

응?

우리의 밝은 미래를 위해 이 파티에 참석한 모든 마법사들에게 알린다.

이 파티는 함정이다.

저들은 그대들의 마법 지팡이를 압수하고 왕궁의 문을 잠가 버렸다.

애초에 마법사들을 화형시키라는 명을 내린 사람이라는 사실을 잊지 말라.

국왕이 지금은 무해해 보일지라도,

무슨 말을 하는 거지?

나 저 여자 안식일 집회에서 봤어. 와이드 가문 사람이야!

저 사람 용이 방금 호위병 초소를 부쉈어.

그대들도 깨닫게 될 것이다, 국왕이 원하는 건 우리의 죽음뿐이라는 걸.

으윽….

153

모두를 지키는
방법이니까.

여기서 밖을 다 볼 수 있어.

용이 있어요!

모니카, 정말 멋진 비행이었어. 난….

나도 볼래. 저 사람들 어떻게 용을 잡았지?

모니카….

아까 네가 한 말을 잊었다고는 생각하지 마.

이제는 내가 너를 잘 모르고 있다는 생각이 들어. …

미안. 나도 그때 일을 계속 후회했어.

넌 더 이상 믿어도 될지 말지도 모르겠어.

도대체 왜 그런 짓을 한 거야?

왜냐고? 그게….

의도가 있던 건 아니야. 그냥 네가 떠난다는 생각에 겁이 났어.

네가 마스터의 집을 떠나서… 왕궁으로 돌아갈 테니까. 그리고 멍청한 소리 같지만….

내가 널 좋아해.

폐하를 죽인 복수다.

피에는 피야, 이 악마들아.

이봐, 꼬맹이.

지팡이를 내려놔.

우리 모두가
사악한 건
아니야.

위협적인
존재도 아니야.

난 착한
마법사들을
많이 만났어.

선하고, 사랑스럽고,
평화를 바라는
마법사들을.

너무나도 멋진
마법사들을.

하지만 당신들은 우리를
멋대로 평가하고,

우리를
박해하고,

두려워하지.

불태워
죽이려고 해.

175

HOOKY
·못다 한 이야기·

...

좋아, 넌 할 수 있어.

다니!

야, 다니, 일어나!

나 너한테 부탁할 게 있어!

아주 중요한…

아!

으악, 바퀴벌레다!

나야, 니코!

깜짝 놀랐잖아!

어서 네 방으로 돌아가!

내가 생각해 봤는데….

도리안이 그러던데 마법사들은 검은 옷을 입어야 한대, 맞지?

나도 마법사처럼 옷을 입으면 마법을 쓸 수 있을 것 같지 않아?

옷은 그저 옷일 뿐이야, 니코.

186

189

190

192

솔직히 윌리엄은 몇 번이나 나한테 키스하려고 했었어.

언제나 최악의 타이밍을 골랐지 뭐야.

그리고 사실….

윌리엄은 다른 사람한테도 그러려고 했어.

거부당한 게 한두 번이 아니었지만 말이야.

윌리엄은 분위기을 읽고 로맨틱하게 행동하는 데는 아무 재능이 없어.

정말이야?

로맨스 소설은 한 번도 읽어 보지 않은 게 확실해.

반면에 나는 그 분야에 관해서는 완벽한 전문가지.

다행이야, 기쁘다.

내 말은,
때가 되면….

네가 분위기를
읽을 수 있을 테니까.

네 첫 키스의
순간은… 그게
언제가 되었든,

완벽하게
로맨틱할 거야.

너희 무슨
공부를 하고 있냐?

요약이지!
우리가 무슨 다른
공부를 하겠어?

여기에서도 별을
볼 수 있을 것 같아.

바나나빵도
가져왔어.

야호, 잠옷
파티다!

그날 늦은 밤….

그게 무슨
말이지?

아무래도
내 지식이 맞는지
복습해 봐야겠어.

진정한 지식인은
모든 분야를
두루 알아야 해.

이건 철저하게
과학적인 탐구야.

뒷이야기 끝!

194

HOOKY ② 왕관을 쓴 마법사

2024년 10월 10일 1쇄 인쇄 | 2024년 10월 25일 1쇄 발행

글·그림 미리암 보나스트레 | **번역** 홍연미

기획·편집 서영민, 박보람 | **디자인** 강효진

펴낸이 안은자 | **펴낸곳** (주)기탄출판 | **등록** 제2017-000114호

주소 06698 서울특별시 서초구 효령로 40 기탄출판센터

전화 (02)586-1007 | **팩스** (02)586-2337 | **홈페이지** www.gitan.co.kr

HOOKY 1

Text and illustrations Copyright ⓒ 2021 by MIriam Bonastre Tur

All right reserved.

This Korean edition was Published by Gitan Publications Co., Ltd. in 2024

by arrangement with Clarion Books, an imprint of HarperCollins Publishers

through Korea Copyright Center Inc.

이 책의 한국어판 저작권은 (주)한국저작권센터(KCC)를 통해 저작권자와

독점 계약한 (주)기탄출판에 있습니다.